Chris Riddell

1 • Vit à Brighton, au bord de la mer, avec sa femme et ses trois enfants.

2 • Écrit et illustre des livres.

Il y a ceux qu'il fait tout seul...

... et ceux qu'il fait avec Paul Stewart.

Le PRINCe D'ABSURDIe

APOLLINe ET Le CHAT MASQUé

EDGAR DeSTOITS

CHRONIQUeS DU MARAIS QUI PUe

CHRONIQUeS DU BOUT DU MONDe

Les AVeNTURIeRS DU TReS TReS LOIN

3 • Dessine une petite bande dessinée tous les dimanches pour un magazine.

4 • A deux trucs comme ça dans une boîte où il garde ses trésors... et un truc comme ça de chaque sur l'étagère de son fils Jack.

MeDAILLe KATe GReeNAWAY

MeDAILLe KATe GReeNAWAY

MeDAILLe D'OR PRIX SMARTIeS

MeDAILLe D'ARGeNT PRIX NeSTLé

5 • Ses bonbons préférés sont les boules de gomme et c'est à cause des boules de gomme qu'il est devenu illustrateur.
(Si vous voulez en savoir plus, rendez-vous sur

www.panmacmillan.com/chrisridell)

Traduit de l'anglais par Amélie Sarn

Retrouvez Apolline
et monsieur Munroe dans :
Apolline et le fantôme de l'école
Apolline en mer

Titre original : *Ottoline and the Yellow Cat*
Text and illustrations copyright © Chris Riddell 2007
First published in 2007 by Macmillan Children's Books
a division of Macmillan Publishers Limited, London

Pour l'édition française :
© 2008, Éditions Milan, 300 rue Léon-Joulin,
31101 Toulouse Cedex 9, France
Loi 49-956 du 16 juillet 1949
sur les publications destinées à la jeunesse
ISBN : 978-2-7459-3395-9
www.editionsmilan.com

CHRIS RIDDELL

APOLLINE
ET LE CHAT
MASQUÉ

MiLAN

Pour ma fille, Katy

Chapitre un

A polline vivait au vingt-quatrième étage
de l'immeuble Poivrier. Cet immeuble
s'appelait en réalité la tour P. W. Huffledinck,
mais il ressemblait terriblement à un poivrier,
du coup, tout le monde le surnommait le Poivrier.

LE POIVRIER

L'IMMEUBLE
PAUL
STEWART III

LA TOUR
POINTUE

APPARTEMENT
243

LE
CHAPEAU
DE CLOWN

LA BOÎTE A
CHAUSSURES

LE
CORNET
DE GLACE

LE THÉÂTRE
CORÉEN
GRUBERMAN

APOLLINE

AIME PATAUGER DANS LES FLAQUES ET COLLECTIONNER DES OBJETS DE TOUTES SORTES.

M. MUNROE

PETIT ET POILU, IL VIENT D'UN MARÉCAGE NORVÉGIEN.

Apolline habitait dans l'appartement 243 avec monsieur Munroe qui était petit, poilu et chevelu. Monsieur Munroe détestait la pluie et il avait horreur de se coiffer.

Apolline, quant à elle, appréciait toutes sortes de climats, surtout la pluie car elle adorait patauger dans les flaques. Elle aimait aussi coiffer monsieur Munroe. Elle trouvait cette activité très relaxante. Et puis, ça l'aidait à réfléchir, surtout quand il y avait un problème compliqué à résoudre ou un plan habile à concevoir.

Apolline aimait résoudre les problèmes difficiles et concevoir des plans habiles. Elle trouvait ça encore plus amusant que de patauger dans les flaques. Elle gardait toujours les yeux et les oreilles grands ouverts au cas où elle tomberait sur quelque chose d'inhabituel et d'intéressant. Monsieur Munroe en faisait autant.

Les parents d'Apolline étaient de grands voyageurs. Ils rapportaient des objets insolites de tous les pays du monde. L'appartement 243 en était rempli.

CHAPEAUX D'EMPEREURS

MÉTÉORITES

COQUILLAGES

PEINTURES EXTRÊMEMENT MINUSCULES

TABATIÈRES

BOUILLOTTES

FLACONS BLEUS

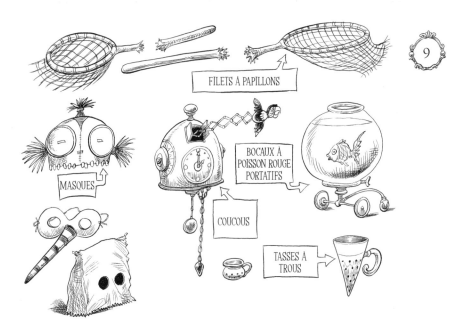

FILETS À PAPILLONS

MASQUES

BOCAUX À POISSON ROUGE PORTATIFS

COUCOUS

TASSES À TROUS

Les parents d'Apolline lui avaient promis qu'un jour, quand elle serait plus grande, elle pourrait les accompagner. Pour le moment, elle devait rester à la maison et prendre soin de leurs collections.

Ça ne dérangeait pas vraiment Apolline parce que monsieur Munroe lui tenait compagnie.

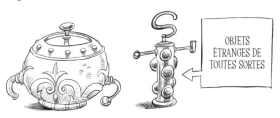

OBJETS ÉTRANGES DE TOUTES SORTES

Un jour, alors qu'il se promenait avec Apolline, monsieur Munroe remarqua une affiche collée sur un lampadaire près du théâtre coréen Gruberman. Il la décolla sans la déchirer et la roula avant de la mettre sous son bras. Étant petit et poilu, monsieur Munroe n'avait pas de poches. Il rapporta l'affiche à la maison.

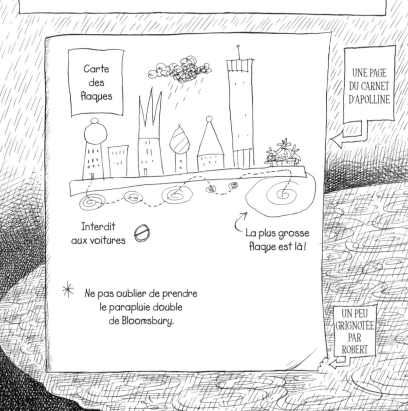

Plus tard, cet après-midi-là, alors qu'Apolline
époussetait la collection de théières à quatre
becs, elle sentit qu'on lui tapotait l'épaule.
C'était monsieur Munroe. Il lui montra l'affiche
qu'il avait trouvée sur le lampadaire devant
le théâtre coréen Gruberman.

Perdu

Petit chien d'appartement pékinois
répondant au nom de
Rupert Pom-Pom Queue-Touffue

Manque beaucoup à sa maîtresse aimante
Forte récompense

Contactez : Madame Lloyd, appartement 11112,
Tour Pointue, Troisième Rue, B. C.

POIL DE
DESSOUS
DE BRAS

— Très intéressant, dit Apolline. Tu n'as pas
récupéré d'autres affiches, par hasard ?

Monsieur Munroe alla dans sa chambre.
Elle était très en désordre.

Quand il revint, Apolline réorganisait
sa collection de chaussures orphelines.

Apolline avait deux collections bien à elle.
La première était sa collection de chaussures
orphelines dont elle était très fière. Chaque
fois qu'Apolline achetait des chaussures,
elle en portait une et ajoutait aussitôt l'autre
à sa collection.

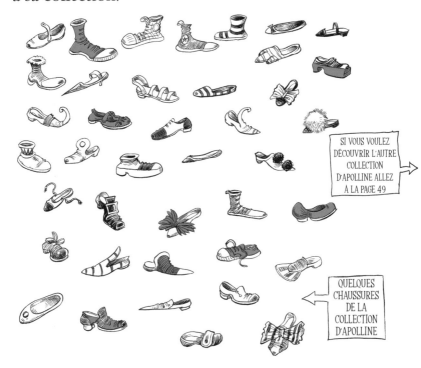

SI VOUS VOULEZ
DÉCOUVRIR L'AUTRE
COLLECTION
D'APOLLINE ALLEZ
À LA PAGE 49

QUELQUES
CHAUSSURES
DE LA
COLLECTION
D'APOLLINE

Monsieur Munroe montra à Apolline
toutes les affiches qu'il avait décollées
sur les lampadaires de la ville.

Apolline prit le temps de les examiner.

— N'as-tu pas envie…, commença-t-elle,
que… je te brosse un peu les cheveux ?

Pendant qu'elle coiffait monsieur Munroe,
Apolline regarda plus attentivement les affiches.

APOLLINE A CETTE
TÊTE-LÀ QUAND
ELLE EST EN TRAIN
DE CONCEVOIR UN
PLAN HABILE.

WILSON
OREILLES-JOYEUSES
MACMURTAGH

COMTE OLTO
VIX-HILBURG

FIFI FIESTA
DRÔLE-DE-
BOUILLE III

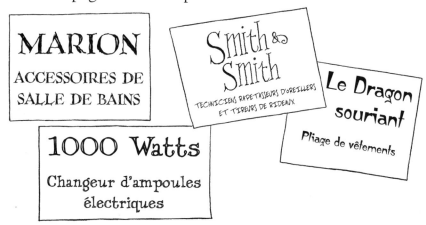

Ce soir-là, Apolline et monsieur Munroe
s'attablèrent pour dîner. Apolline avait fait griller
le fromage et les toasts à la cannelle livrés par
la compagnie « Un Repas comme à la maison ».

MARION
ACCESSOIRES DE
SALLE DE BAINS

Smith & Smith
TECHNICIENS RAPETASSEURS D'OREILLERS
ET TIREURS DE RIDEAUX

Le Dragon souriant
Pliage de vêtements

1000 Watts
Changeur d'ampoules
électriques

Monsieur Munroe dégustait un bol
de porridge accompagné d'une tasse
de chocolat chaud. Il ne mangeait jamais
autre chose.

LE JOYEUX
NID
FAISEURS DE LITS

POLISSEURS DE POIGNÉES
DE PORTE
RECOMMANDÉS PAR
LE MINISTÈRE DES INTÉRIEURS

LA
COMPAGNIE UN
REPAS COMME
À LA MAISON

MB
SERVICE DE MÉNAGE
MAC BEAN

M.
Munroe

LES PARENTS
D'APOLLINE
ÉTAIENT
SOUVENT PARTIS
EN VOYAGE MAIS
ILS S'ASSURAIENT
QUE DES TAS
DE GENS
S'OCCUPENT BIEN
DE LEUR FILLE.
VOILÀ LEURS
CARTES
DE VISITE.

Après le dîner, Apolline descendit
au sous-sol où se trouvait la laverie
de l'immeuble Poivrier.

Apolline aimait s'occuper du linge pour
deux raisons. Premièrement, elle adorait
les machines à laver…

Deuxièmement, elle en profitait pour se dresser sur la pointe des pieds et coller son oreille contre les tuyaux qui couraient au plafond du sous-sol. De cette façon, elle entendait des tas de conversations intéressantes qui venaient des autres appartements.

... À PARTIR DE MAINTENANT, JE NE PRENDRAI PLUS QUE DES DOUCHES ! FINIS LES BAINS !...

... JE T'ASSURE, C'EST LA TROISIÈME ROBE QUI DISPARAÎT DANS LA LAVERIE...

... SI MARGOT A UN CHIEN, ALORS MOI AUSSI, J'EN VEUX UN !...

... MAMAN ! JE TROUVE PAS MES CHAUSSETTES ! MAMAN ! MAMAN !...

Elle ne l'avait pas dit à monsieur Munroe car elle savait qu'il désapprouverait.

Bien que ce ne soit pas très poli, Apolline trouvait qu'écouter aux portes (ou plutôt aux tuyaux) pouvait se révéler très utile et parfois même l'aider à résoudre des problèmes compliqués ou à concevoir des plans habiles.

C'est Apolline qui avait retrouvé le petit singe de madame Pasternak en l'attirant avec des cacahouètes. Et quand l'homme de l'appartement 36 s'était coincé le gros orteil dans le robinet, c'est Apolline qui avait prévenu les pompiers.

Apolline faisait sa lessive et écoutait aux tuyaux comme d'habitude, quand… un gros bras poilu apparut de derrière une des machines à laver et prit une de ses chaussettes à rayures dans le panier à linge.

Apolline plissa les yeux pour voir dans l'ombre.

C'était un ours.

— Tu devrais avoir honte de voler les chaussettes, dit Apolline.

— Et toi, tu devrais avoir honte d'écouter les conversations des autres, répondit l'ours.

— Je ne te dénonce pas si tu ne me dénonces pas, proposa Apolline.

LA CHEMISE PRÉFÉRÉE DE L'HOMME DE L'APPARTEMENT n° 36

LA ROBE DE MME PASTERNAK

LES CHAUSSETTES À RAYURES D'APOLLINE

L'ours du sous-sol

1 • Il vient du Canada.
2 • Cette année, il a décidé de prendre des vacances au lieu d'hiberner.
3 • Il dit que le sous-sol est bien plus confortable que sa caverne humide.
4 • Je décide de lui laisser mes chaussettes à rayures.

l'ours

UNE PAGE DU CARNET D'APOLLINE

Chapitre deux

ROBERT A L'HABITUDE DE LIRE PAR-DESSUS L'ÉPAULE DES GENS.

M. MUNROE A L'HABITUDE DE LAISSER TOMBER PAR TERRE LES PAGES DE JOURNAL QUI NE L'INTÉRESSENT PAS.

monsieur Munroe était assis dans le fauteuil Beidermeyer et lisait le journal. Il lisait le journal quand il n'arrivait pas à s'endormir ou s'il avait fait un cauchemar qui se passait dans le marécage où il avait vécu en Norvège. Il aimait particulièrement lire les articles qui parlaient de vacances sur des îles tropicales et sur des plages ensoleillées.

Plusieurs pages attirèrent l'attention d'Apolline.

PAGES PUBLICITAIRES

GRANDE VILLE

AFFAIRES CRIMINELLES

Apolline prit une paire de cisailles balinaises dans la collection de ciseaux et découpa avec soin ce qui l'intéressait. Monsieur Munroe ne remarqua rien. Il était absorbé par une histoire qui se déroulait dans le désert de Gobi, un endroit où il ne pleut quasiment jamais.

SI VOUS VOULEZ VOIR CETTE PAGE DU CARNET D'APOLLINE, TOURNEZ LA PAGE.

PAS DE NOUVELLE PISTE DANS L'AFFAIRE DU CAMBRIOLAGE DU BÂTIMENT BOÎTE À CHAUSSURES

Par notre correspondant du crime

Le cambriolage du bâtiment Boîte à chaussures laisse la police perplexe. Malgré une enquête approfondie et prolongée, le commissaire Ronald Piedplat avoue : «Nous sommes perplexes.» La victime du cambriolage, Mme Rachel Armstrong, était trop bouleversée pour répondre à nos questions hier soir mais, dans un communiqué, elle déclare : «Je n'ai rien à ajouter.» La police recommande à tous les citoyens de rester vigilants et sur leurs gardes.

Mme Rachel Armstrong

 Ces chiens me paraissent étrangement familiers.

M. Munroe, les cheveux courts

LE CAMBRIOLAGE À LA TOUR POINTUE LAISSE LA
POLICE PERPLEXE

Par notre correspondant du crime

Le cambriolage de la Tour pointue sur la Troisième Rue laisse la police perplexe. Malgré une enquête approfondie et prolongée, le commissaire Ronald Piedplat reconnaît : «Nous sommes perplexes.» Mme Wilson, la victime du cambriolage, était trop indignée pour répondre à nos questions, mais elle déclare dans un communiqué : «Je suis trop indignée pour parler.» La police recommande aux citoyens de rester vigilants et sur leurs gardes.

Mme Dominique Wilson

Il faut que j'enquête sur cette agence.

Je me demande qui a grignoté mon carnet...

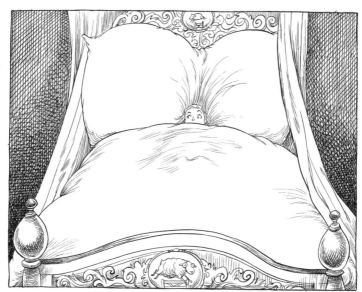

Ce soir-là, après que les techniciens
Smith et Smith eurent rapetassé
les oreillers et tiré les rideaux,
Apolline se releva et alla
jusqu'à sa commode.
Apolline était une reine
du déguisement et avait même
obtenu un diplôme « Qui es-tu ? »
de l'Académie du subterfuge.

VOICI
LE
DIPLÔME.

?
QUI
ES-TU

ACADÉMIE DU SUBTERFUGE
CE DIPLÔME CERTIFIE QUE
Apolline Brun
EST MAÎTRE EN DÉGUISEMENT

PROFESSEUR MYSTÈRE

Quand elle fut prête, elle alla frapper
à la porte de monsieur Munroe.

— Tes cheveux auraient bien besoin d'être
coiffés, dit Apolline quand il ouvrit la porte.
Mais nous n'avons pas le temps pour l'instant.
Tiens, enfile ça.

Elle tendit à monsieur Munroe un grand
imperméable un peu vieux. Monsieur Munroe
lui tendit un parapluie.

Au cas où.

Apolline et monsieur Munroe sortirent
dans la rue.

Et très rapidement, ils se retrouvèrent…

... hors des sentiers battus.

Apolline relut la publicité qu'elle avait
découpée dans le journal.

Monsieur Munroe et elle se trouvaient devant
un vieil entrepôt.

Sur la porte, un panneau indiquait :

AGENCE
DE CHIENS
D'APPARTEMENT

UNIQUEMENT SUR
RENDEZ-VOUS

Monsieur Munroe s'apprêtait à sonner mais Apolline l'en empêcha. Ils jetèrent un coup d'œil par un carreau cassé et virent…

Les joueurs de poker leur semblèrent
étrangement familiers. Derrière eux, un cacatoès
parlait au téléphone.

— Je suis désolé, madame, mais on n'est pas
policiers, disait-il. Si vous avez perdu un chien
que nous vous avions confié, on ne peut pas
vous en donner un autre, c'est normal !
Au revoir.

Le cacatoès raccrocha.

À cet instant, une chatte jaune fit son entrée.

— Salut les gars, ronronna-t-elle. La semaine
a été bonne ?

Les joueurs de poker remuèrent la queue.

— Parfait, ronronna de nouveau la chatte jaune.
Tiens, MacMurtagh, tu as échappé à la vieille
Neugerbauer, à ce que je vois, ajouta-t-elle
en tapotant la tête du terrier du Lancashire.

— Eh ouais, patronne, ricana le chien. Je
me suis tiré du salon de beauté après un bain
parfumé. J'ai couru et je me suis pas arrêté.

— Bien joué, approuva la chatte. Maintenant,
les gars, il est temps de se mettre au boulot.
Montrez-moi ce que vous avez.

Les joueurs de poker posèrent leurs cartes,
sortirent leurs stylos et commencèrent à écrire.

— Apporte-moi ça, Clive, ordonna la chatte
jaune.

Le cacatoès s'envola pour aller ramasser
les papiers dans son bec. Il les rapporta
à la chatte jaune.

— Excellent, ronronna-t-elle.

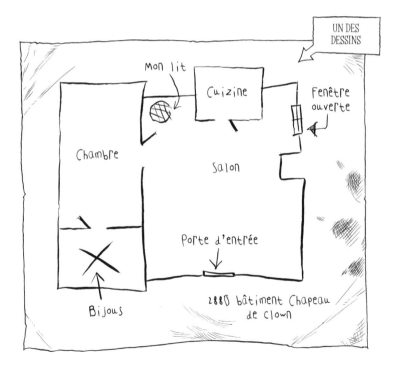

Le petit pékinois lâcha son os en plastique
à mâchouiller.

— Moi, je me suis enfui ce matin pendant
la promenade au parc. Madame Lloyd m'a lancé
un bâton, qu'elle attend toujours. Mais
je suis pas près de le lui rapporter.

La chatte jaune sourit.

— Si ces informations sont justes,
mon cher ami poilu,
ronronna-t-elle,
tu n'auras pas besoin
d'y retourner.

Chapitre
trois

Le lendemain matin, Apolline se leva plus tard
que d'habitude. Elle enfila sa robe de chambre
de Mongolie en réprimant un bâillement,
puis elle traîna les pieds jusqu'à l'entrée.

Il y avait une carte postale sur le paillasson.

Un grand
bonjour
de la région vide

47

VERSO

Très chère A,
Nous sommes sur la piste
d'un magnifique manteau en
poils de chameau à ajouter
à notre collection. S'il te
plaît, essaie de ne pas mettre
de confiture sur ta robe de
chambre de Mongolie, tu seras
un amour. Dans le désert, il
fait très chaud et il ne pleut
jamais. M. Munroe adorerait !
Papa t'embrasse tendrement,
Maman.

PS : N'oublie pas de remettre
le parapluie dans le porte-parapluies
et ne te couche pas trop tard.

Mademoiselle A. Brun
Appartement 243
Immeuble Poivrier
Troisième Rue
Grande Ville 3001

Apolline remit le parapluie dans le porte-
parapluies et bâilla en ouvrant grand la bouche.

Puis elle retourna dans sa chambre ranger la carte postale dans sa collection de cartes postales. Apolline adorait sa collection de cartes postales encore plus que sa collection de chaussures orphelines. C'est normal car ses cartes postales venaient toutes de ses parents.

C'EST LA SECONDE COLLECTION D'APOLLINE.

Apolline aimait regarder les images de ces lieux lointains et elle ne se lassait jamais de lire et relire les messages écrits au dos. Elle avait alors l'impression que ses parents n'étaient pas si loin.

Un grand bonjour
du Nord glacé

Un grand bonjour de l'Ouest sauvage

Un grand
bonjour
de l'Est
lointain

Un grand
bonjour
du Sud
glacé

SI VOUS VOULEZ LIRE
CE QUI EST ÉCRIT
AU DOS, TOURNEZ
LA PAGE.

Très chère A.

Nous n'avions jamais vu autant d'ours polaires! L'igloo dans lequel nous habitons est très chaud et très confortable. S'il te plaît, n'oublie pas de refermer la porte du réfrigérateur, tu seras un amour. Il neige à nouveau. Je ne pense pas que M. Munroe se plairait beaucoup ici. Papa t'embrasse tendrement,

Maman.

PS : Quand vous vous promenez avec M. Munroe, assure-toi qu'il se protège bien de la pluie dans le grand imperméable de Papa.

NORD
★ 13·04·05 ★
GLACÉ

6248ᶜ

Mademoiselle A. Brun

Appartement 243

Immeuble Poivrier

Troisième Rue

Grande Ville 3001

Très chère A.

Nous avons enfin trouvé le chapeau marcheur de l'empereur d'Heligoland. Papa t'embrasse tendrement.

Je te fais plein de bisous,

Maman.

PS : N'oublie pas de reboucher le dentifrice!

OUEST
★ 10·06·0 ★
SAUVAGE

4ᶜ

Mademoiselle A. Brun

Appartement 243

Immeuble Poivrier

Troisième Rue

Grande Ville 3001

Très chère A.
Nous avons rencontré
des collectionneurs
de papillons dans la
jungle. Papa s'est mis
très en colère et leur
a confisqué leurs filets
à papillons. Il t'embrasse
tendrement, Maman.
PS : Cire ta collection
de chaussures orphelines,
tu seras un amour.

Mademoiselle A. Brun

Appartement 243

Immeuble Poivrier

Troisième Rue

Grande Ville 3001

Très chère A.
Il y a des tas de manchots
ici. Des manchots empereurs,
des manchots royaux et des
manchots vice-présidents...
Le bateau est pris dans les
glaces. Nous sommes coincés
ici pour un bout de temps.
N'oublie pas d'épousseter
la collection de théières à
quatre becs, ma chérie. Papa
t'embrasse tendrement,
Maman.
PS : Bravo pour ton diplôme
en déguisement. Il te sera sans
doute très utile.

Mademoiselle A. Brun

Appartement 243

Immeuble Poivrier

Troisième Rue

Grande Ville 3001

Apolline rangeait la carte quand monsieur
Munroe entra dans sa chambre. Elle lui montra
la carte. Il la regarda longtemps et prit
la brosse à cheveux d'Apolline.

— Il faut que je me coiffe ? demanda Apolline.

Monsieur Munroe acquiesça. La chose qu'il détestait le plus après se faire brosser les cheveux était de brosser ceux de quelqu'un d'autre. Mais il savait que ça aiderait Apolline à se sentir moins triste. Il s'appliqua donc du mieux possible.

Pour le petit déjeuner, Apolline mangea
des beignets à la framboise et but un jus
de pomme. Monsieur Munroe prit un bol
de porridge et une tasse de chocolat chaud,

mais il n'y toucha pas car il était trop
occupé à lire le journal.

— C'est très malpoli de lire à table,
dit Apolline.

Après le petit déjeuner, ils s'assirent ensemble sur le canapé Beidermeyer et monsieur Munroe montra à Apolline un article qu'il avait souligné au crayon rouge dans le journal.

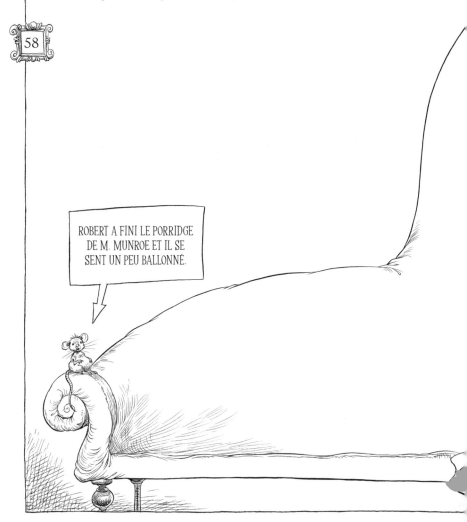

ROBERT A FINI LE PORRIDGE DE M. MUNROE ET IL SE SENT UN PEU BALLONNÉ.

APOLLINE AIME CHANGER DE COIFFURE TOUS LES JOURS. EN GÉNÉRAL LE MARDI, ELLE PORTE DES TRESSES ET UN NŒUD.

LA COIFFURE DE M. MUNROE NE CHANGE JAMAIS.

POUR VOIR CE QUE M. MUNROE A SOULIGNÉ, TOURNEZ LA PAGE.

59

DE NOUVEAUX CAMBRIOLAGES

60

Mᵐᵉ Loretta Lloyd

Par notre correspondant du crime

Mᵐᵉ Lloyd du bâtiment Chapeau de clown dans la Troisième Rue est la dernière victime en date du «célèbre cambrioleur». Des bijoux de grande valeur lui ont été dérobés et elle était trop en colère pour répondre à nos questions hier soir mais a déclaré dans un communiqué : «Je suis en colère.» Le commissaire Ronald Piedplat a reconnu : «Nous sommes perplexes.» Il recommande aux citoyens de rester vigilants et sur leurs gardes.

— Monsieur Munroe, s'exclama Apolline. Je crois que voilà une bonne occasion de t'entraîner au déguisement pour ton diplôme !

Chapitre quatre

Juste à ce moment-là, la sonnette retentit et monsieur Munroe alla ouvrir.

M. MUNROE
VA DANS
SA CHAMBRE POUR
SE DÉGUISER DE FAÇON
À POUVOIR ENQUÊTER
AVEC APOLLINE.
M. MUNROE ESPÈRE
QU'UN JOUR
IL OBTIENDRA
LUI AUSSI UN DIPLÔME
DE DÉGUISEMENT.

SERVICE DE
MÉNAGE
MAC BEAN

LE DRAGON
SOURIANT
PLIAGE DE
VÊTEMENTS

POLISSEURS DE
POIGNÉES DE PORTE
RECOMMANDÉS PAR
LE MINISTÈRE DES
INTÉRIEURS

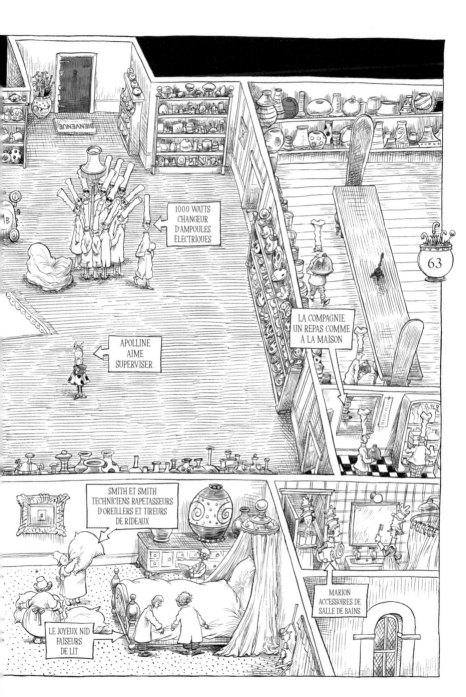

64

À DIX HEURES.

Monsieur Munroe sortit de sa chambre
et tapota l'épaule d'Apolline. Il portait
un imperméable usé et trop grand pour lui.
Apolline était occupée à vérifier les rideaux.

— Pas maintenant, monsieur Munroe, dit-elle.

Monsieur Munroe retourna dans sa chambre.

66

À ONZE HEURES.

Monsieur Munroe tapota de nouveau l'épaule
d'Apolline. Il portait un imperméable usé
et trop grand pour lui et des lunettes noires.
Apolline examinait les poignées de porte.
— Pas maintenant, monsieur Munroe, dit-elle.

Monsieur Munroe retourna dans sa chambre.

À MIDI

Monsieur Munroe toussota assez fort.
Il portait un imperméable trop grand et usé,
une paire de lunettes noires et le chapeau
de l'empereur d'Heligoland.

Apolline vérifiait le niveau du dentifrice.

— Pas maintenant, monsieur Munroe, dit-elle.

Monsieur Munroe retourna dans sa chambre
et claqua la porte.

Au déjeuner…

… Apolline et monsieur Munroe
ne se parlèrent pas beaucoup.

Monsieur Munroe portait un imperméable usé
et trop grand pour lui, des lunettes de soleil,
le chapeau de l'empereur d'Heligoland
et une très très longue écharpe.

Apolline inspectait ses petites culottes.
— Pas maintenant, dit-elle.

À QUATRE HEURES...

— Pas maintenant, dit-elle.

À CINQ HEURES...

— Pas maintenant.

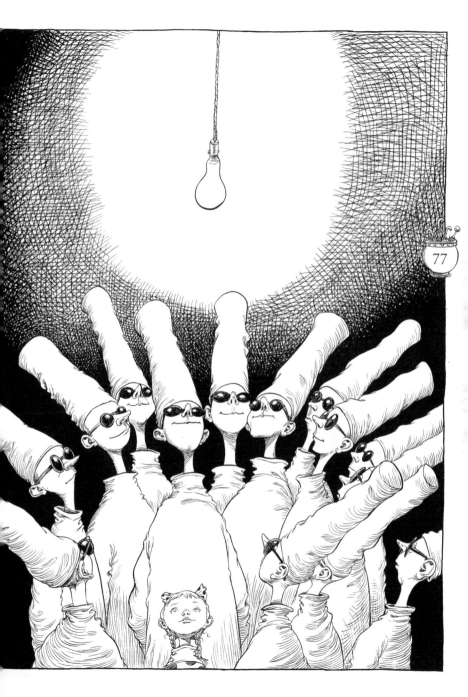

Quand tout le monde fut parti, Apolline
ferma la porte et se retourna.

— Maintenant, je t'écoute, monsieur Munroe...,
commença-t-elle.

Mais monsieur Munroe n'était plus là.

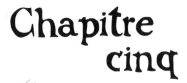

Chapitre cinq

monsieur
Munroe
grimpa les marches
de l'escalier de secours
qui menait au toit de
l'immeuble Poivrier. De temps
en temps, il s'arrêtait et écoutait
aux fenêtres. Monsieur Munroe aimait
écouter les conversations intéressantes
qui venaient des autres appartements.
Mais il ne l'avait pas dit à Apolline
car il savait qu'elle désapprouverait.

Sur le toit de l'immeuble Poivrier, monsieur
Munroe réfléchit longtemps.

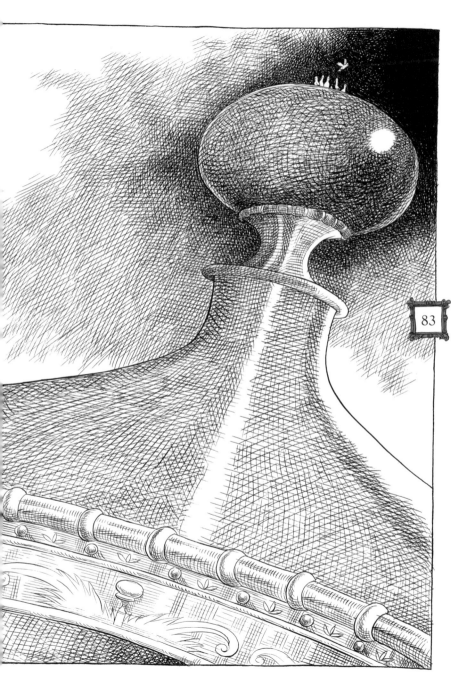

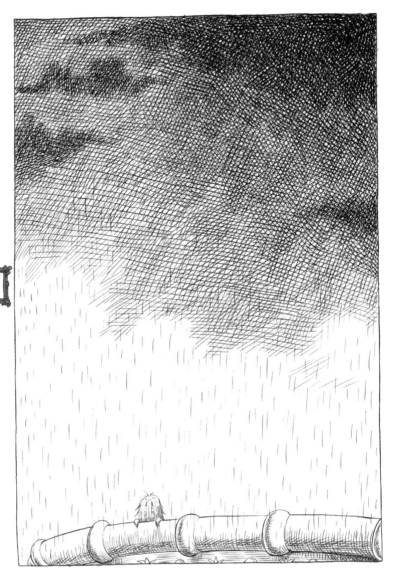

Il se mit à pleuvoir…

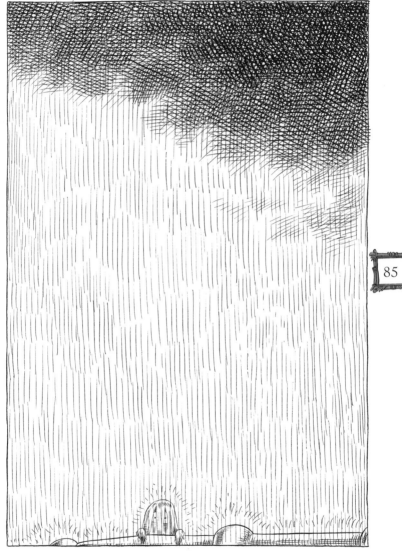

... très très fort.

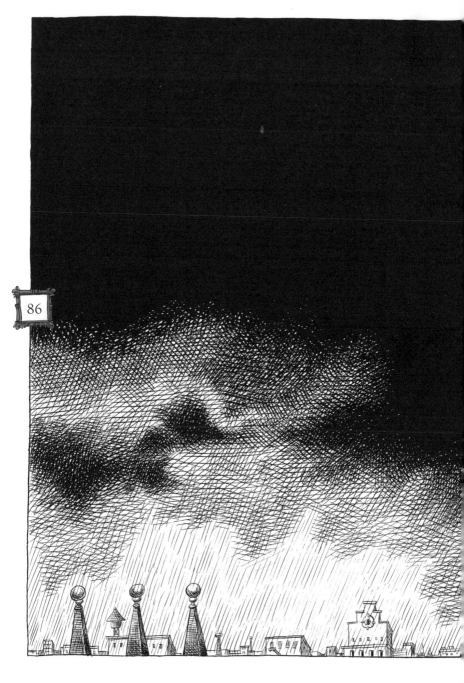

Sous la pluie, monsieur Munroe repensa
à son marais humide en Norvège. Il se rappela
comment les parents d'Apolline, le professeur et
la professeur Brun, l'avaient trouvé et l'avaient
invité chez eux dans l'immeuble Poivrier.

Le professeur Brun lui avait prêté son
imperméable tout neuf et la professeur Brun
lui avait offert des lunettes de soleil. Ils avaient
fait le voyage sur un paquebot nommé
Le Trondheim. Pour éviter les questions
des autres passagers, ils l'appelaient monsieur
Munroe. Son véritable nom était norvégien
et signifiait « petite personne poilue vivant
dans les marécages ».

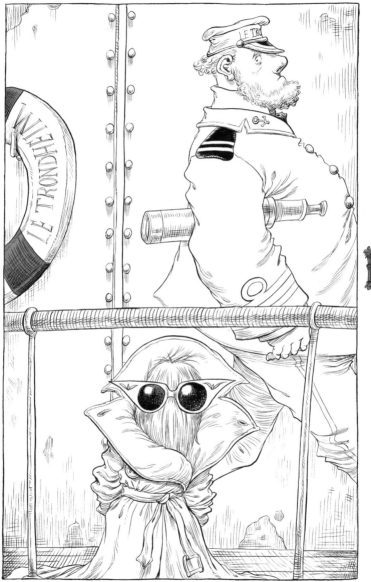

89

Dès la naissance
d'Apolline,
elle et monsieur
Munroe devinrent
inséparables.

Il la promenait.

Il la laissait le coiffer.

Il lui laissa même lui donner un bain…

… mais une seule fois.

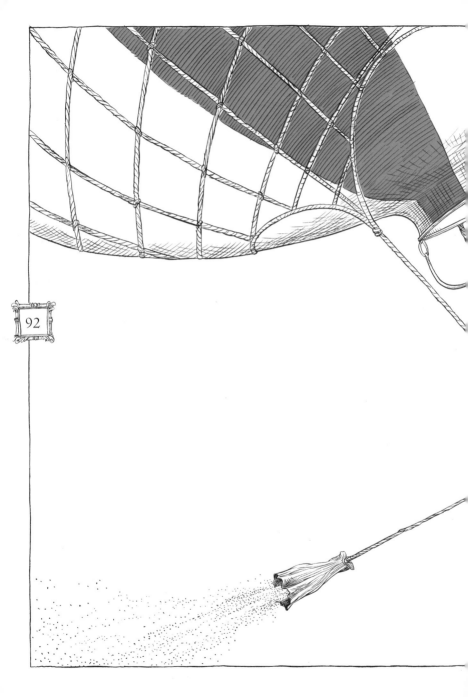

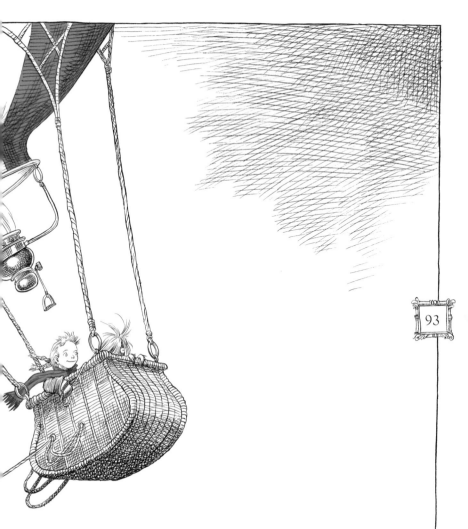

Quoi qu'ils fassent, les parents d'Apolline
savaient que tant que leur fille était avec
monsieur Munroe, elle était en sécurité.

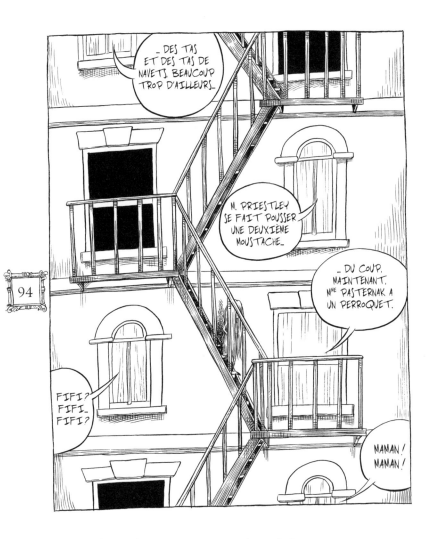

La pluie s'arrêta et monsieur Munroe
redescendit l'escalier de secours.
Il n'était plus triste.

Il resta sur le paillasson jusqu'à ce qu'il soit parfaitement égoutté.

C'était bon de ne plus être sous la pluie. C'était bon de ne plus être dans un marécage norvégien. C'était bon de vivre dans l'immeuble Poivrier.

Et par-dessus tout, c'était bon d'avoir Apolline comme meilleure amie.

Monsieur Munroe trouva Apolline
dans le fauteuil à bascule
Beidermeyer.

APOLLINE
PRENAIT
DES NOTES DANS
SON CARNET.

96

M. MUNROE SAVAIT
QU'APOLLINE TROUVAIT
TRÈS RELAXANT DE
LUI BROSSER LES
CHEVEUX, SURTOUT
APRÈS UNE JOURNÉE
CHARGÉE.

— Tu veux que je te brosse les cheveux ?
demanda Apolline.

Monsieur Munroe acquiesça.

Quand elle eut fini, Apolline observa
monsieur Munroe un bon moment.
Puis elle regarda son carnet.

– J'ai conçu un plan habile ! déclara-t-elle.

Chapitre
six

T ard ce soir-là, on frappa à la porte du vieil
entrepôt.

— Allez-vous-en ! cria la chatte jaune. On est
fermés. On ne reçoit que sur rendez-vous !

On frappa trois nouveaux petits coups
et il y eut un aboiement discret.

— Ça va, ça va, râla la chatte jaune.
J'arrive, j'arrive !

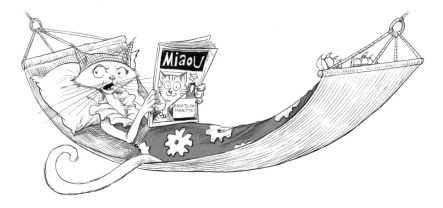

La chatte jaune ouvrit la porte. Il y avait un petit chien poilu juste devant. Ce dernier tendit une carte à la chatte jaune.

VOILA CE QUI ÉTAIT ÉCRIT SUR LA CARTE :

Bimby Nez-en-Bouteille II
Empereur d'Heligoland

Chien d'appartement
norvégien à pedigree.

99

— Un chien d'appartement, hein ? dit la chatte jaune. Alors, t'es au bon endroit.

Elle s'effaça pour le laisser entrer.

— Regardez ce que la nuit nous amène, lança la chatte jaune. Les gars, je vous présente Bimby Nez-en-Bouteille II, empereur d'Heligoland.

Les joueurs de poker regardèrent par-dessus leurs cartes.

— On n'a qu'à l'appeler Gros Pif! dit la chatte jaune. Gros Pif, je te présente le gang!

RUPE PATTE-DE-VELOURS

GROGNEUR MACMURTAGH

LE BOUCHER DE HILBURG

PETIT MALIN

Les chiens du gang remuèrent la queue et firent une place à Gros Pif autour de la table.

— Clive, appela la chatte jaune, assure-toi que les gars ne se couchent pas trop tard. On a du travail demain.

— C'est vous le patron, patron ! croassa le cacatoès.

— Alors, étranger, tu viens
d'où ? demanda Rupe
Patte-de-Velours.
Gros Pif lui tendit
sa carte. Rupe y jeta
un coup d'œil.
— Norvège ! s'exclama-t-il.
C'est pas un pays super
humide, la Norvège ?
Gros Pif acquiesça et abattit
une carte à jouer sur la table.

— Empereur d'Heligoland ?
dit le Boucher de Hilburg
en mâchouillant un os
en plastique. Je l'ai croisé
une fois, il avait
un superbe chapeau.
Gros Pif acquiesça
de nouveau et abattit
une nouvelle carte.

— Ça te dit, une friandise ? proposa
MacMurtagh.

Gros Pif secoua la tête.

— T'es pas bavard, hein ? grogna MacMurtagh.
Qu'est-ce qui t'arrive ? T'as donné
ta langue au chat ?

— T'occupe pas de lui, grommela Petit Malin,
MacMurtagh est pas content parce que
sa dernière maîtresse l'a emmené au toilettage.

Gros Pif abattit toutes ses cartes
sur la table.

— Full ! croassa Clive. Gagné ! Allez,
maintenant, au lit !

Gros Pif ne dormit pas très bien dans le grand panier réservé aux chiens. Rupe Patte-de-Velours ronflait, Grogneur MacMurtagh gémissait, le Boucher de Hilburg pourchassait des écureuils dans ses rêves et Petit Malin souffrait d'une aérophagie terriblement malodorante.

Il commençait juste à s'assoupir quand une porte s'ouvrit. La chatte jaune entra sans bruit.

Elle ouvrit son sac et en sortit un collier
d'émeraudes qu'elle cacha soigneusement sous
une latte du parquet.

À cet instant, le téléphone sonna. La chatte
jaune sursauta et Clive se réveilla en croassant.

— Ne reste pas perché sans bouger !
siffla la chatte jaune. Décroche !

Clive le cacatoès saisit
le récepteur.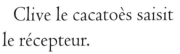

— Agence des chiens
d'appartement, à votre service,
dit-il. Un chien d'appartement,
mais bien entendu, madame.
Nous avons une sélection parfaite.
Voulez-vous un rendez-vous ?…
Ce matin… oui… je pense que nous pouvons
vous trouver une place… à quelle heure ?
Maintenant ? Eh bien… laissez-moi
regarder…

Au même moment,
on frappa à la porte.

— Est-ce que je dois
TOUT faire moi-même ?
miaula la chatte jaune
en montant
les marches.

Chapitre sept

La chatte jaune ouvrit la porte. Une très grosse dame se tenait sur le seuil.

— Puis-je vous aider ? demanda la chatte.

— Madame Ursula Jansen-Smith, se présenta la grosse femme. Je suis incroyablement riche et terriblement seule. Je voudrais avoir un petit chien pour me tenir compagnie. Je viens juste de prendre rendez-vous.

Clive raccrocha le téléphone.

— Entrez, madame Jansen-Smith, je vous en prie, ronronna la chatte jaune.

— Oh, appelez-moi Ursula, dit la dame.

L'ABAT-JOUR DE LA PAGE 18

LA TRÈS LONGUE ÉCHARPE DE LA PAGE 72

LES LUNETTES NOIRES DE LA PAGE 89

LE MANTEAU DE FOURRURE DE LA PAGE 24

LES GANTS DE LA PAGE 74

109

— Faites votre choix ! dit la chatte jaune.

Les chiens se tenaient en ligne contre le mur.
Chacun portait une pancarte avec son nom.

Madame Jansen-Smith remonta la ligne à pas lents et observa attentivement chaque chien.

112

— Puis-je vous complimenter sur votre
magnifique chapeau, madame Jansen-Smith ?
ronronna la chatte jaune en se frottant les
coussinets. Et quelle tenue étonnante !

— Mon chapeau ? répondit madame Jansen-
Smith. Il vous plaît ? C'est un présent de
l'empereur du Jutland. Et ces quelques
vêtements sortent tout juste du pressing.
Je les ai enfilés sans vraiment faire attention.

Madame Jansen-Smith s'arrêta devant
le dernier chien.

— Je vais prendre celui-là, dit-elle.

— Excellent choix, ronronna la chatte
jaune. Bimby Nez-en-Bouteille II, empereur
d'Heligoland. Chien d'appartement norvégien
à pedigree.

— La Norvège est parfois très humide,
déclara madame Jansen-Smith pensivement.
Envoyez-moi la facture. Appartement 243,
immeuble Poivrier, Troisième Rue.

115

Quand monsieur Munroe revint à l'appartement, il trouva une carte postale sur le paillasson. Il la ramassa et l'apporta à Apolline. Elle était en train de prendre des notes dans son carnet.

Monsieur Munroe lui tendit la carte.

— Ton ruban s'est défait, dit-elle.

SI VOUS VOULEZ VOIR LA CARTE POSTALE, TOURNEZ LA PAGE

117

FESTIVAL DU PARAPLUIE DE TRONDHEIM

Chère A.,
Papa a trouvé
de magnifiques
parapluies.
Plein de bisous,
Maman

PS : Assure-toi que
monsieur Munroe
se couche tôt!

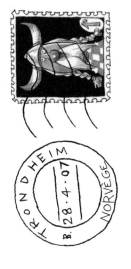

TRONDHEIM
B. 28.4.07
NORVÈGE

Mademoiselle A. Brun
Appartement 243
Immeuble Poivrier
Troisième Rue
Grande Ville 3001

119

— Cet endroit semble très humide, tu ne
trouves pas, monsieur Munroe ? demanda
Apolline. Monsieur Munroe…

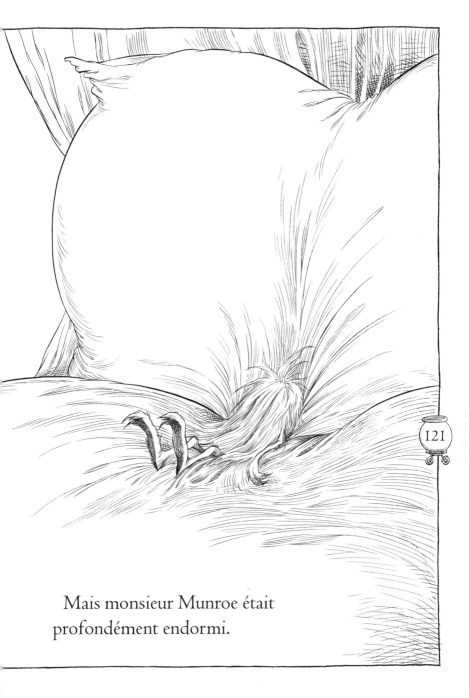

121

Mais monsieur Munroe était
profondément endormi.

Chapitre huit

L e lendemain matin, monsieur Munroe se leva de bonne heure. Il se promena dans tout l'appartement…

... en prenant des notes.

243

TARTE À LA CRÈME.
COMME À LA MAISON

TARTE À LA CRÈME.
COMME À LA MAISON

TARTE À LA CRÈME.
COMME À LA MAISON

ROBE DE CHAMBRE
EN LAINE DE LAMA
D'APOLLINE

La sonnette retentit. Apolline alla ouvrir
la porte.

— Il n'est pas trop tôt, au moins ? s'enquit
le chef cuisinier de la compagnie « Un Repas
comme à la maison ».

— Non, répondit Apolline. Il y a beaucoup
de choses à préparer.

Pour le petit déjeuner, Apolline mangea
des gaufres au sirop d'érable. Monsieur Munroe
prit un bol de porridge accompagné d'une tasse
de chocolat chaud, mais il n'y toucha pas car il
était trop occupé à finir de prendre ses notes.

— C'est très malpoli d'écrire à table,
dit Apolline.

Après le petit déjeuner, ils s'assirent
sur le pouf Beidermeyer et monsieur Munroe
montra ses notes à Apolline.

Elle les examina pendant un long moment
et déclara finalement :

— Excellent travail, monsieur Munroe.

ROBERT PORTE UN
MORCEAU DE GAUFRE
OUBLIÉ SUR LA TABLE.

Puis Apolline brossa les cheveux
de monsieur
Munroe…

… jusqu'à ce qu'ils
soient parfaitement
lisses…

… et y noua un ruban.

Elle l'embrassa sur le front.
— Tu es très courageux, dit-elle.
Maintenant, tu dois y aller.
Monsieur Munroe acquiesça.

Apolline attendit que monsieur Munroe soit
parti, puis elle marcha jusqu'au théâtre coréen
Gruberman. Elle déplia soigneusement
une affiche et la colla sur le lampadaire.

VOICI L'AFFICHE.

PERDU

Chien d'appartement norvégien
à pedigree
répondant au nom de
Bimby Nez-en-Bouteille II,
empereur d'Heligoland.
Manque beaucoup à sa maîtresse aimante.
Forte récompense
Contactez Mme Jansen-Smith, appartement
243, immeuble Poivrier, Troisième Rue.

133

Monsieur Munroe frappa à la porte
de l'entrepôt.

— Hé, Gros Pif! s'exclama la chatte jaune.
T'es un rapide!

FILET À
PAPILLONS
RÉPARÉ.

137

SI VOUS VOULEZ VOIR
LA FEUILLE DE M. MUNROE,
TOURNEZ LA PAGE.

Le gang fit cercle autour de lui.

— Bon, fais-moi voir ce que tu rapportes,
dit la chatte jaune.

Gros Pif lui tendit une feuille.

Appartement 243 de l'immeuble Poivrier

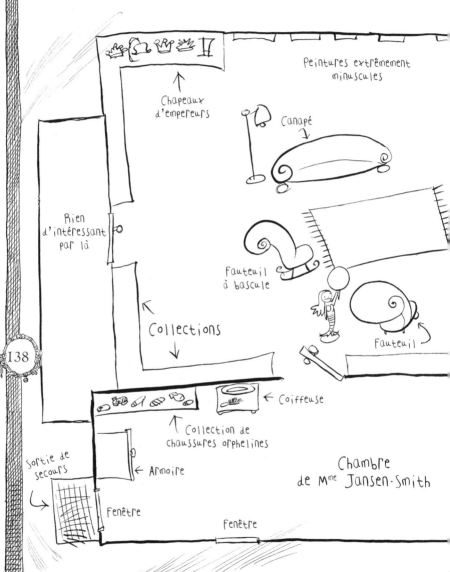

Peintures extrêmement minuscules

Chapeaux d'empereurs

Canapé

Rien d'intéressant par là

Fauteuil à bascule

Collections

Fauteuil

← Coiffeuse

Collection de chaussures orphelines

Sortie de secours

← Armoire

Fenêtre

Fenêtre

Chambre de Mme Jansen-Smith

138

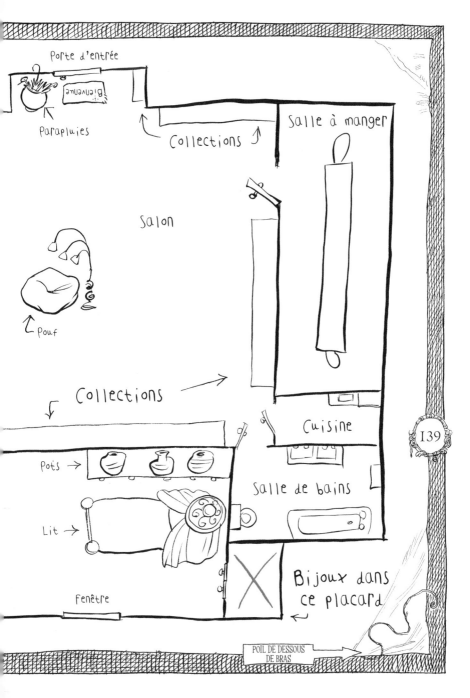

Porte d'entrée

Bienvenue

Parapluies

Collections

Salle à manger

Salon

Pouf

Collections

Pots

Cuisine

Salle de bains

Lit

Fenêtre

Bijoux dans
ce placard

POIL DE DESSOUS
DE BRAS

139

La chatte jaune examina le dessin pendant
un long moment.

— Excellent travail, Gros Pif, ronronna-t-elle
en quittant la pièce. Excellent.

— Bon retour, grogna Grogneur MacMurtagh.
Tu te sens en forme pour une partie ?

Gros Pif acquiesça et s'assit à la table de jeu avec les autres chiens. Le Boucher de Hilburg distribua les cartes.

— Il t'a pas fallu longtemps pour fausser compagnie à ta maîtresse, dit Rupe Patte-de-Velours. Ces bonnes femmes sont parfois vraiment négligentes.

Gros Pif acquiesça et abattit une carte.

— Alors, ce serait vrai ce qu'on raconte ? lança le Boucher à Rupe. Tu penses retourner chez madame Lloyd ?

— Et alors ? répliqua Rupe. Parfois, un chien a envie de se coucher sur des genoux calmes et d'y passer ses journées. Je commence à me faire vieux pour cette vie de bohème.

141

— Je reconnais que madame Armstrong me manque, renifla Petit Malin.

Gros Pif abattit ses dernières cartes.

— Full ! croassa Clive le cacatoès. Gagné !

Chapitre neuf

Cette nuit-là, alors que les chiens dormaient dans leur panier, la chatte jaune monta les marches sur la pointe des pieds et sortit de la maison sans un bruit.

Le Boucher de Hilburg se retourna et battit de la queue, Rupe Patte-de-Velours se lécha bruyamment les côtes et reprit une position confortable avant de se rendormir. Il se remit aussitôt à ronfler.

Monsieur
Munroe enleva
délicatement
les pattes avant
de Grogneur
MacMurtagh
de sa tête et sauta
hors du panier. Il ôta
le nœud dans ses cheveux
et le laissa tomber.
Il traversa la pièce
sur la pointe des pieds.

En faisant très attention,
il souleva la latte de plancher
déclouée. Elle grinça.

145

Clive se réveilla et vit monsieur Munroe avec le butin. Il poussa un cri perçant.

— Au voleur !

Mais monsieur Munroe avait tout prévu.

146

Il ligota Clive avec le ruban à pois ;
un tour autour des pattes, deux tours
autour des ailes et trois tours autour
du bec. Il fit un nœud qu'il serra
très fort.

— Umpf, umpf, umpf, fit Clive.

Monsieur Munroe s'assit à la table, décrocha
le téléphone et composa un numéro.

À cet instant, la sonnette de la porte d'entrée retentit et les chiens se réveillèrent.

— Quelle heure est-il ? grogna Grogneur MacMurtagh.

— Je faisais un merveilleux rêve où je pourchassais des écureuils ! s'exclama le Boucher de Hilburg.

— D'où vient cette affreuse odeur ? demanda Petit Malin.

— Umpf, umpf, umpf, fit Clive le cacatoès.

La sonnette retentit de nouveau.

151

Monsieur Munroe grimpa les marches
et ouvrit la porte.

154

Quatre dames entrèrent. Monsieur Munroe les reconnut aussitôt et rendit à chacune ses bijoux.

— Il est temps de rentrer à la maison, vilain garçon, dit madame Armstrong.

Petit Malin remua la queue.

— Promenade, mon bébé ! s'écria madame Lloyd.

Rupe Patte-de-Velours jappa d'excitation.

— Viens, mon chien ! lança madame Wilson.

Le Boucher de Hilburg se précipita vers elle.

— Viens voir Maman, roucoula Pinky Neugerbauer. Mon chien-chien !

— Tu ne m'auras pas vivant ! grogna Grogneur MacMurtagh.

155

Les dames remercièrent monsieur Munroe
de son aide. Elles promirent de ne pas
porter plainte tant que les chiens
se comporteraient bien.

FERMÉ
DÉFINITIVEMENT

159

Quand tout le monde fut parti, monsieur
Munroe ferma à clé la porte de l'entrepôt.
  Puis il prit Clive le cacatoès et se rendit
à l'immeuble Poivrier.

Chapitre dix

L a chatte jaune entra dans l'appartement 243 par la fenêtre et regarda autour d'elle.

D'une patte gantée, elle ouvrit son sac et en sortit le dessin de monsieur Munroe. Elle l'examina attentivement avant de se diriger sur la pointe des pieds vers la chambre d'Apolline.

Elle ouvrit la porte et se glissa à l'intérieur.
Elle ne fit pas un bruit.

Puis elle se faufila furtivement vers le placard
qu'elle ouvrit lentement...

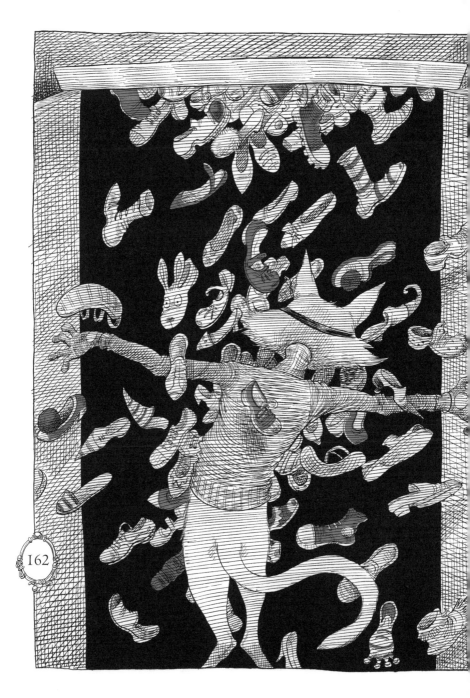

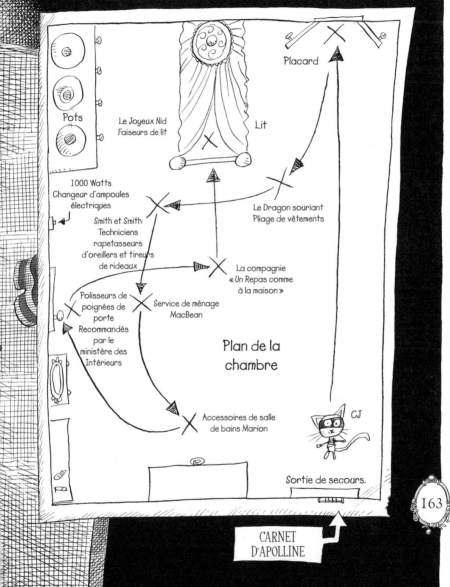

Pots

Le Joyeux Nid
Faiseurs de lit

Lit

Placard

1000 Watts
Changeur d'ampoules
électriques

Smith et Smith
Techniciens
rapetasseurs
d'oreillers et tireurs
de rideaux

Le Dragon souriant
Pliage de vêtements

La compagnie
« Un Repas comme
à la maison »

Polisseurs de
poignées de
porte
Recommandés
par le
ministère des
Intérieurs

Service de ménage
MacBean

Plan de la
chambre

Accessoires de salle
de bains Marion

CJ

Sortie de secours.

163

CARNET
D'APOLLINE

Soudain, une lumière s'alluma. Poussant un miaulement de surprise, la chatte jaune prit ses jambes à son cou pour essayer de s'enfuir…

Au passage, elle renversa une pile de gilets soigneusement pliés…

… provoqua une avalanche d'oreillers parfaitement rapetassés…

… trébucha sur l'aspirateur et la serpillière…

… et évita de justesse le rideau
de douche plastifié.

La chatte jaune essaya alors de tourner
la poignée de la porte parfaitement polie
et elle s'apprêtait à courir
vers la fenêtre quand…

… une demi-douzaine de tartes à la crème
s'abattirent sur elle…

… et un ours incroyablement gros sauta
du lit très bien fait.

— Madame Jansen-Smith ! hurla
la chatte jaune.

L'ours la prit dans ses bras et la serra
contre sa poitrine velue.

— Malédiction ! jura la chatte jaune.

— Coucou ! dit Apolline. Vous ne croyiez quand même pas vous en tirer comme ça ?

— Comment avez-vous fait ? demanda la chatte jaune.

— Facile, répliqua Apolline. Avec l'aide de mes amis et un plan habile.

ROBE DE CHAMBRE EN MOHAIR DE MADAGASCAR D'APOLLINE

À cet instant, la sonnette de la porte d'entrée retentit.

C'était monsieur Munroe accompagné
de la police des animaux de compagnie.

— On s'occupe de tout, mademoiselle,
dit le policier à Apolline. On était sur la piste
de ces deux-là depuis un bon bout de temps!

— Que va-t-il leur arriver? voulut savoir
Apolline.

— Ils seront hors d'état de nuire pendant
un moment, répondit le policier, enfermés
dans un zoo du pays.

— Malédiction! s'exclama Clive le cacatoès.

Apolline se tourna vers monsieur Munroe
et le serra dans ses bras.

— Je suis très fière de toi, dit-elle.

Monsieur Munroe acquiesça et Apolline,
qui le connaissait mieux que personne, était sûre
qu'il souriait.

C'est à ce moment-là qu'Apolline vit
la carte sur le paillasson. Elle la ramassa.
Bien sûr, la carte venait de ses parents.

Un grand
bonjour du
Trondheim

Le Trondheim

Très chère A,
Nous sommes sur le chemin
du retour. Papa et moi avons
hâte de te retrouver.
On t'embrasse très fort,
                    Maman

PS : Dis à ce gentil ours
qu'il peut rester aussi
longtemps qu'il le voudra.

PPS : S'il te plaît, nettoie
un peu les tartes
à la crème, tu seras
un amour!

Mademoiselle A. Brun

Appartement 243

Immeuble Poivrier

Troisième Rue

Grande Ville 3001

ACADÉMIE DU SUBTERFUGE

CE DIPLÔME CERTIFIE QUE

M. Monroe

EST MAÎTRE EN DÉGUISEMENT

PROFESSEUR MYSTÈRE

Retrouve bientôt Apolline dans d'autres aventures...

Cet ouvrage a été réalisé par les Éditions Milan
avec la collaboration de Claire Debout.
Maquette : Bruno Douin (couverture) et Graphicat (intérieur)

Achevé d'imprimer en Italie par Rotolito
Dépôt légal : 2ᵉ trimestre 2013